Escrevi
isso
pra você
NEXT

IAIN S. THOMAS

# Escrevi isso pra você

poemas

SEXTANTE

Título original: *I Wrote This For You*



Esta edição foi publicada em acordo com Susan Schulman A Literary Agency, Nova York por meio de ACER.

*tradução:* Ana Guadalupe
*preparo de originais:* Rafaella Lemos
*revisão:* Alice Dias e Ana Grillo
*diagramação:* Valéria Teixeira
*fotos de miolo e capa:* Jon Ellis
*capa:* Angelo Bottino
*impressão e acabamento:* RR Donnelley

CIP-BRASIL. CATALOGAÇÃO NA PUBLICAÇÃO
SINDICATO NACIONAL DOS EDITORES DE LIVROS, RJ

---

T38e Thomas, Iain S.

Escrevi isso pra você/ Iain S. Thomas; tradução de Ana Guadalupe; Rio de Janeiro: Sextante, 2018.
208p.; il.; 14 x 21cm.

Tradução de: I Wrote This For You
ISBN 978-85-431-0630-4

1. Poesia sul-africana. I. Guadalupe, Ana. II. Título.

CDD: 828.99361
18-48779 CDU: 821.111(680)-1

---

Todos os direitos reservados, no Brasil, por
GMT Editores Ltda.
Rua Voluntários da Pátria, 45 – Gr. 1.404 – Botafogo
22270-000 – Rio de Janeiro – RJ
Tel.: (21) 2538-4100 – Fax: (21) 2286-9244
E-mail: atendimento@sextante.com.br
www.sextante.com.br

*Você tem nas mãos*
*algo que lhe foi prometido*
*anos atrás. Desculpe a demora.*
*Mas a vida é assim*
*e muitas vezes esquecemos*
*as promessas que fizemos.*

*Você, no entanto, é mais*
*difícil de esquecer.*

*Sei que o mundo é uma loucura.*
*Sei que o amor nem sempre*
*é como gostaríamos. Sei que*
*às vezes nos machucamos. Mas*
*também sei que vamos dar*
*um jeito. Que nossos corações*
*vão chegar intactos ao outro*
*lado. Que tudo é lindo se*
*lhe dermos a chance de ser.*

*Tentei escrever o que*
*vi e o que você me disse,*
*e acho sinceramente que*
*não deixei nada de fora. Me*
*avise se deixei.*

*Te amo. Sinto saudade.*

*Eu*

## SOL,



## LUA,

## ESTRELAS,

## CHUVA.

## A LISTA DE DEDICATÓRIAS

Aos pequenos.

Aos contadores de estrelas.

Aos observadores de nuvens.

Aos inspirados.

Aos pássaros.

A todos que já choraram.

A todos que já tentaram.

Àqueles que se levantam do chão.

Àqueles que ainda têm amor no coração, apesar de tudo.

Àqueles que pintam o mundo todos os dias com as cores dos próprios sentimentos.

Àqueles que têm esperança.

A você.*

*Obrigado.

SOL,

## O TOQUE

Seja suave. Não deixe que o mundo endureça você. Não deixe que a dor se transforme em ódio. Não deixe que a amargura roube sua doçura. Ainda que o resto do mundo discorde, tenha orgulho de ainda acreditar que aqui é uma beleza de lugar.

## AS CAMADAS INVISÍVEIS

Existe magia até mesmo aqui, no engarrafamento, na solidão, no trabalho interminável, em madrugadas que não acabam nunca, em carrinhos de supermercado com as rodas quebradas, no tédio, na declaração do imposto de renda, a mesma magia que fez um homem escrever sobre uma princesa que não acordou até ser beijada, sobre longos cabelos loiros jogados sobre a sacada e dedos espetados em agulhas. Existe magia até mesmo aqui, nos buracos ao longo das estradas rurais, em não ter dinheiro trocado (e dar uma batidinha no bolso), em chegar atrasado e perder o último trem para casa, a mesma magia que fez uma mulher na França pensar que Deus estava falando com ela, que fez outra se sentar na frente de um ônibus e se recusar a sair, que levou um homem a pensar que talvez o mundo não fosse plano e que seria possível andar na Lua com pés humanos. Existe magia. Até mesmo aqui. Na mesa do escritório.

## O PRIMEIRO SINTOMA É TIRAR FOTOS ESTRANHAS

Já fingi que tinha ficado louco para lhe dizer as coisas que precisava. Eu chamo de arte. Porque arte é o nome que damos aos sentimentos que tornamos públicos. E a arte não preocupa ninguém.

## A BIBLIOGRAFIA DOS FIOS

E você me ensinou qual
é a sensação disso.

E a sensação de perder isso.

E você me mostrou quem
eu queria.

E quem eu não era.

E você preencheu todos
os requisitos.

E depois estabeleceu
um limite.

E para começo de conversa
nunca me pertenceu.

E nunca me pertenceu no
fim das contas.

E você parecia ser tudo o
que eu queria.

E virou algo que eu odiava.

E eu pensava em você
todo dia.

E não de um jeito bom.

E você me deixou partir.

E quis que eu tivesse ficado.

E você quase me matou.

Mas eu não morri.

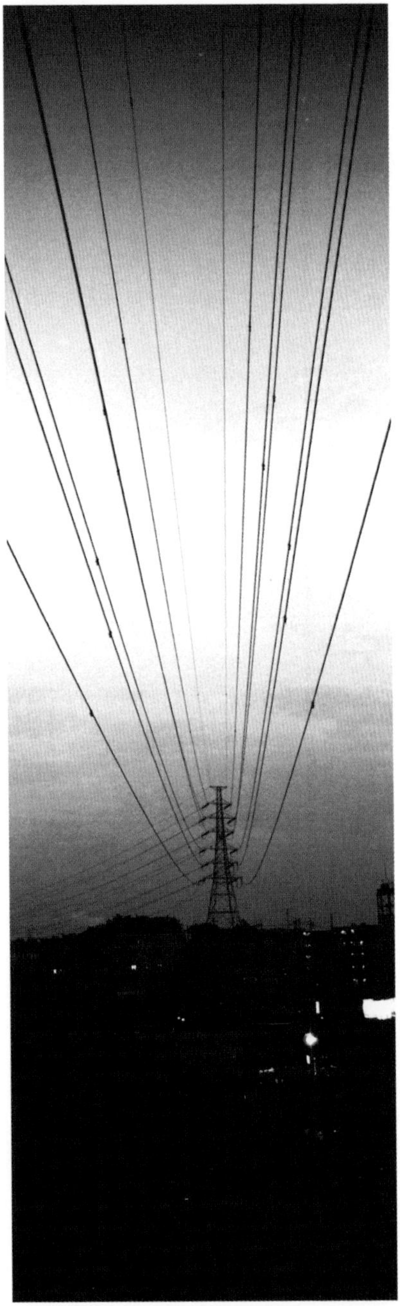

## OS CANTOS DA SUA BOCA

E você perguntou por que sempre esperavam que você sorrisse nas fotografias. E eu disse que é porque as pessoas esperavam que, no futuro, houvesse ao menos um motivo para sorrir.

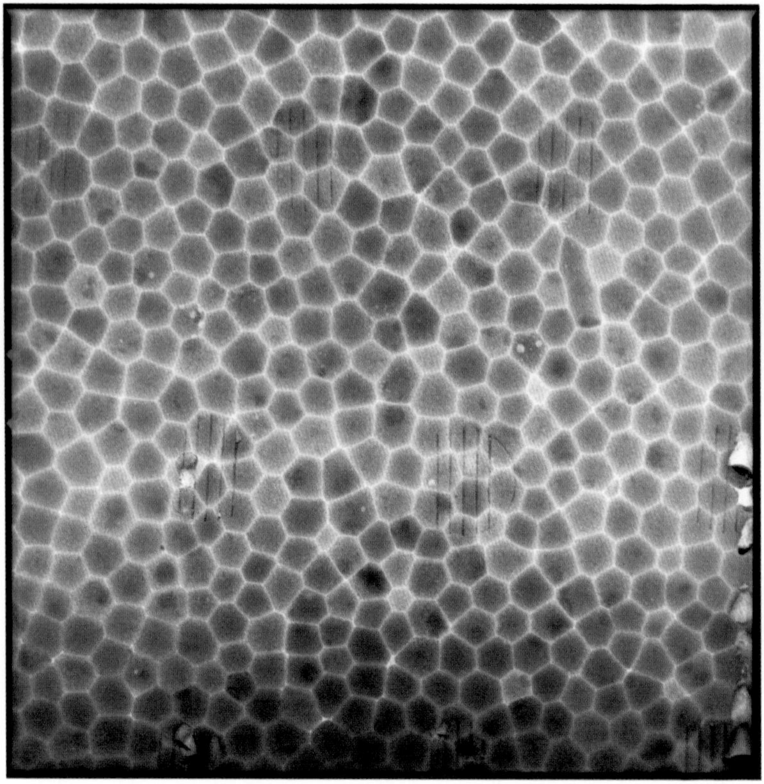

## A FORMA DAS COISAS

Alguém me quer. E eu quero você. E você quer outra pessoa.

Mas ninguém quer voltar atrás.

## O PONTO DE CONTATO

E aí a minha alma viu você e ficou tipo "Ei, aí está você.
Era quem eu estava procurando."

## O TEMPO QUE LEVA ATÉ CAIR

E se tudo que temos for esse olhar pela janela. Se tudo que temos for até o trem parar. Se tudo que temos for até o sol sair, até a sua carona chegar. E se tudo que temos for até o dia em que eu morrer.

Eu topo o que temos.

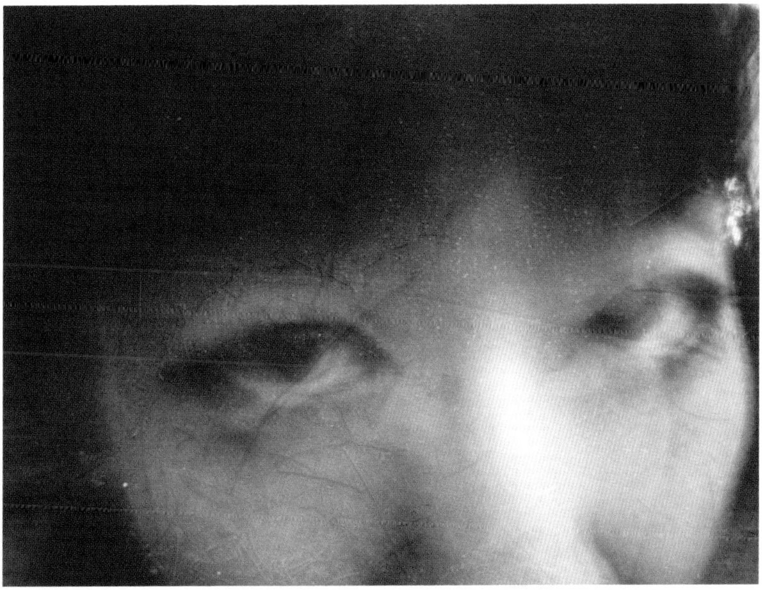

## O LUGAR AO LADO DO SEU

Quando eu me sento ao seu lado, de repente minhas mãos se tornam duas coisas bizarras e eu não sei onde colocá-las nem o que elas costumam fazer, como se essa fosse a primeira vez que tenho mãos e talvez elas fiquem no bolso e talvez não.

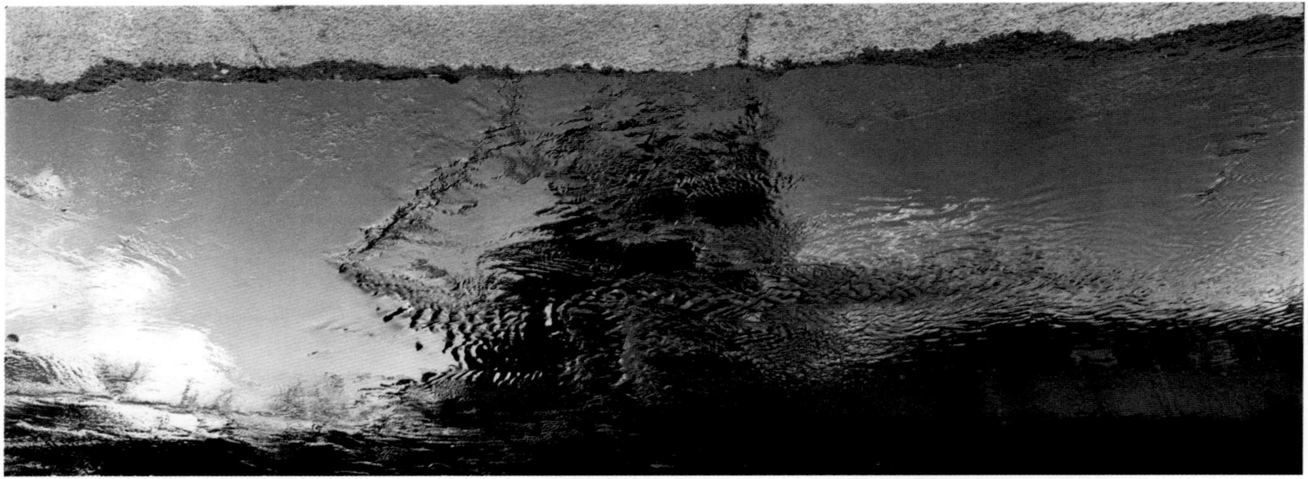

## O NAUFRÁGIO NA MINHA CABEÇA

Aqui se faz, aqui se paga. Então, se você vai me beijar, prepare-se para sangrar.

## O PADRÃO É UM LABIRINTO

É claro que é complicado. Se não fosse, eu provavelmente não teria interesse em você.

## O COMPROMISSO PERDIDO

Sim, poderíamos nos beijar. Eu poderia lhe dar um beijo e você poderia me dar um beijo. Não há ciência, passagem de avião ou relógio para nos impedir. Mas, se nos beijarmos, será o fim do mundo. E já acabei com o mundo uma vez. Não sobreviveu ninguém.

Muito menos eu.

## A NOVA COR

E as formas e os cabelos e os olhos e o cheiro e a voz. Que de repente todas essas coisas existam e você não saiba direito como é que elas existiam antes de você conhecê-las.

## AS MARIPOSAS NÃO MORREM À TOA

Tenho certeza de que as pessoas apenas se beijam. Tenho certeza de que às vezes, de algum jeito, durante uma conversa, duas pessoas se aproximam cada vez mais e, de repente, apenas se beijam. Tenho certeza de que acontece o tempo todo. Mas também tenho certeza de que um beijo nunca é apenas um beijo.

## CLARAMENTE ROTULADO

Acho que você vai descobrir que foi engano. Meu nome está escrito claramente na frente e eu reconheço esse arranhão do lado (isso aconteceu no ensino médio). Este é o meu coração. Você não pode simplesmente chegar aqui e levá-lo embora.

## O PASSEIO ANTES DO AMANHECER

Eu leio o que você deixa pela rua. As músicas que você menciona. As citações que cita. Sei que são sobre mim. Consigo sentir você pensando em mim. Quero lhe dizer que sei e admitir que sinto o mesmo. Mas não posso. Ainda.

## CABELOS E OLHOS MOLHADOS

Você é uma gota de perfeição num mundo imperfeito. E tudo que preciso é sentir o gosto.

## A FORMA CAI AOS SEUS PÉS

Talvez seja porque você é uma dessas pessoas que acreditam que às vezes a coisa mais irresponsável que você pode fazer com seu coração é não ser irresponsável com ele.

## A DESCULPA PARA TER SUA COMPANHIA

Estava pensando se você teria um segundo. Para falar sobre qualquer coisa neste mundo.

## A LANTERNA NO BOTE SALVA-VIDAS

Estou nervoso.
Estou com medo.
Mas vou ficar aqui
no calor quente e
branco que é você.
Vou fazer roleta-
-russa com as suas
*playlists*. Vou contar
piadas sem saber se
vão fazer você rir.
Vou resistir até não
ter mais razão para
insistir. E no final
vou quebrar as es-
trelas e ressuscitar
o sol.

## A TINTA ESCONDE O TIJOLO

Você levou todas as minhas palavras quando tudo que eu queria era dizê-las.

## COMO O VIDRO SE QUEBRA

Esta é a canção que só canto quando você está dormindo. Estas são as palavras que eu digo quando você não pode me ouvir. É assim que eu fico quando você não pode me ver. E você nunca vai saber.

## A VERDADE NASCE EM LUGARES INUSITADOS

Joana D'Arc voltou como uma menininha no Japão, e seu pai lhe pediu que parasse de dar ouvidos a seus amigos imaginários.

Elvis nasceu de novo num pequeno vilarejo do Sudão e morreu de fome aos 9 anos sem saber o que é um violão.

Michelangelo foi convocado para o exército aos 18 anos na Coreia, pintou a cara de preto com graxa de sapato e aprendeu a matar.

Pediram para Jackson Pollock parar de fazer bagunça em algum lugar da Rússia.

Hemingway até hoje escreve manuais de instruções para DVDs em algum lugar da China. É um homem velho numa linha de produção. Você não o reconheceria.

Gandhi nasceu na família de um rico investidor em Nova York. Ele nunca perdoou o mundo depois que seu pai se jogou da janela do escritório no 21º andar.

E todo mundo, em todos os lugares, é alguém – se lhe dermos uma chance.

## AS COISAS IMPORTANTES QUE OS HUMANOS FAZEM

Ir ao trabalho. Comer. Sonhar. Tentar dormir. Pensar em você.

Contar estrelas. Acordar. Pensar em você.

Estar aqui. Ouvir o que os outros dizem. Pensar em você.

Cozinhar. Ler. Ver TV. Pensar em você.

Preste atenção. Estou pensando em você.

LUA,

## OS FILHOS DO TEMPO

Janeiro tem problemas com a mãe, Fevereiro sempre fala das coisas que ele queria fazer enquanto Março vai e faz, Abril come doces e Maio paga a conta, Junho é o mais velho, mas não o mais sábio, e Julho sempre tem uma opinião sobre tudo. Agosto nunca para de tentar fazer a coisa certa, mesmo que ele nem sempre saiba o que essa coisa é. Setembro certa vez viu uma cena tão triste que ela nunca mais parou de chorar. Outubro segura a porta do elevador para todos, do zelador ao vice-presidente (mas é mais para si mesmo do que para eles), e Novembro tira sarro dele por isso. Dezembro vive cansado mas nunca perde a esperança. Ele não deixou de acreditar nem por um dia sequer.

É óbvio que Segunda é uma filha da mãe – literalmente, já que o pai não lembra onde nem com quem estava. Terça é temperamental mas ok, contanto que você conheça o lado bom dela. Quarta não fala muito e Quinta às vezes cantarola só para quebrar o silêncio. Estão apaixonadas. Sexta está sempre bêbada. Ela e Sábado se abraçam apertado até o delírio passar.

Já Domingo, Domingo sabe que é o fim. Mas fecha os olhos e finge com toda a força de seu coração que, na verdade, é o primeiro raio de sol.

## O TREM FANTASMA

E se você não puder dizer sim, responda mesmo assim. Porque prefiro viver com a resposta a morrer com a pergunta.

# O DIA EM QUE O AMANHÃ CHEGOU

Sei que você está ocupada, fazendo tudo o que sempre planejou, mas não se esqueça, hoje também é o dia em que você me beija.

# O TREM DAS MENTIRAS

Digo que não vou tocar
em você.

Mas meus dedos são
mentirosos.

Digo que não vou
abraçar você.

Mas meus braços vão
para o inferno.

Prometo que não vou
beijar você.

Mas a minha boca
quebra a promessa.

Aviso que não vou
amar você.

Mas meu coração não
tem consciência.

E nenhuma parte de
mim vai se desculpar.

## O ARCO FRÁGIL

Pode ter sido apenas um momento para você,
mas ele mudou todos os que vieram depois para mim.

# A ESQUINA DE NÓS DOIS

Não sei se você sentiu
a mesma coisa ou não.

Mas eu senti que
éramos duas pessoas
se beijando depois de
horas pensando nisso.

Senti que éramos
duas pessoas
conversando depois
de noites em silêncio.

Senti que éramos
duas pessoas se
tocando depois de
semanas anestesiadas.

Senti que éramos
duas pessoas se
olhando depois de
meses virando o rosto.

Senti que éramos
duas pessoas amando
depois de anos
de solidão.

E senti que éramos
duas pessoas se
encontrando depois
de uma vida de
desencontros.

## OS LIVROS QUE NINGUÉM ESCREVEU

Dragões, anjos, gnomos, criaturas subterrâneas que fabricam palavras com martelos, uma estrela cadente que faz você cair, chuva que chove do chão para o céu, bares que se recusam a atender anões e andarilhos, uma fonte que torna você mais jovem (e solitário) enquanto todos ao redor envelhecem, plantinhas que sabem de tudo, um mar feito das lágrimas de todos os amantes que nunca amaram, um barco prateado com uma vela feita das páginas de todos os livros que ninguém escreveu.

Todos os meus sonhos são lindos. Mas nenhum é tão lindo quanto você. Você é a razão por que venho aqui todas as manhãs.

## A LISTA DO QUE NÃO FAZER

Há um milhão de coisas importantes a fazer. Mas nenhuma é tão importante quanto me deitar ao seu lado.

# AS REGRAS DO ENVOLVIMENTO

Todas as pessoas que entram em um coração o fazem por sua conta e risco. A administração pode e deve ser responsabilizada por qualquer perda, paixão, furto, ambição ou ferimento. Por favor, cuide dos seus pertences. Por favor, cuide do jeito com que me olha.

É proibido patins, beijos, cigarros, mãos passando pelos cabelos, ligações às três da manhã, cartas manchadas, lixo no chão, sentimentos insensíveis, cheiros que ficam no travesseiro, portas batidas, letras de música sussurradas ou permanência no local. Obrigado.

A VELOCIDADE DO SENTIMENTO

Agora você foi depressa demais. Agora você me obrigou a me deixar para trás.

## BATIMENTOS CARDÍACOS POR MINUTO

Você é a melhor parte de todas as músicas que eu amo.

## AGULHA E TINTA

Você é como uma nova tatuagem. Porque posso não ter você para sempre, mas sentirei você pelo resto da vida.

## O CORAÇÃO SEGUE EM FRENTE

Amo você. Amo seus olhos. Amo seu cheiro. Amo seu cabelo. Amo sua risada. Amo sua pele. Amo tudo que você tem por dentro. E vou tentar tornar felizes todas as partes que eu encontrar.

Porque você me faz feliz. Demais.

## OS APAIXONADOS SE CONFUNDEM

Quando nos tocamos, nunca sei ao
certo se é você que me toca ou
eu que toco você.

## AS COISAS QUE FICAM PARA TRÁS

O mundo me congelou. Você me tornou água.

Um dia seremos nuvens.

# O CIRCO FICA MAIS BARATO QUANDO CHOVE

Andei tantas vezes no
mesmo brinquedo.

Que seria capaz de
dormir durante uma
volta.

Sei que os palhaços tiram
do rosto o sorriso falso
de maquiagem assim que
o espetáculo termina.

Sei que os leões dormem
em jaulas à noite.

Sei que os equilibristas
têm bolhas nos pés.

Sei que o mestre do
picadeiro não acredita
mais nas coisas que
grita para o público.

Sei que o levantador de
peso já não levanta
tanto peso.

Sei que o algodão-doce
sempre foi apenas
açúcar e ar.

Você é o único motivo
para eu vir aqui todas as
noites.

# A MÚSICA ATRAVÉS DOS FIOS

Sou um quadro sem moldura.

Um poema sem rima.

Um carro com três rodas.

Um sol sem fogo.

Sou um revólver sem balas.

Sou a verdade sem ninguém para
ouvi-la.

Sou o sentimento sem ninguém
para senti-lo.

Isso é o que sou.

Uma bagunça sem você.

Uma coisa linda com você.

## A FÚRIA DAS ÁGUAS

Você pode até tentar me segurar. Pode construir suas barragens idiotas, trazer os sacos de areia e gritar para que as nuvens e a chuva e o céu parem de pingar.

Mas eu não vou ceder. Vou alcançar você. Porque eu sou o mar. E vou amar você, custe o que custar.

## O LUGAR ONDE NÃO HÁ DOR

Não há música, há apenas o som do vento e das folhas que ele toca. Tomara que seja música suficiente para você.

## O FOGO NO MAR

Quando a maré baixar pela última vez, todos os navios naufragados estarão esperando por nós e os ossos da terra vão reluzir brancos brilhantes ao sol.

Quando a maré baixar pela última vez, vou encontrar você perto dos aviões que nunca conseguiram passar pelas Bermudas.

Quando a maré baixar pela última vez, não teremos mais nada a perder, eu prometo.

## A LINDA CONFUSÃO QUE PODERÍAMOS SER

Que vocês encontrem um no outro o que procuravam. E confiem que é amor porque é (amar é confiar). E que levem vidas em que um não possa viver sem o outro, até que seja impossível distinguir entre o que é estar e o que é estar juntos.

## A TELA DO TÍTULO

Apenas finja que você está num filme. Viva com a coragem e o amor do personagem principal.

Porque às vezes todo mundo precisa acreditar no cinema.

## O CLAREAR

Você é o seu cabelo e
os seus olhos e os seus
pensamentos. Você
é o que você olha e o
que você sente e o que
você faz em seguida.
A luz que vem do sol
continua sendo parte
do sol. O que penso
sobre você é tão real
quanto qualquer parte
de você.

## O ESTRANHO À ESPERA

Você já deve ter cruzado com um deles. Eles dizem que vão reconstruir você, enquanto destroem tudo de novo. E costumam ter lábios cujo gosto você pode sentir durante anos.

## O CORAÇÃO QUE COMPARTILHAMOS

Toda vez que cortam você, eu sangro.

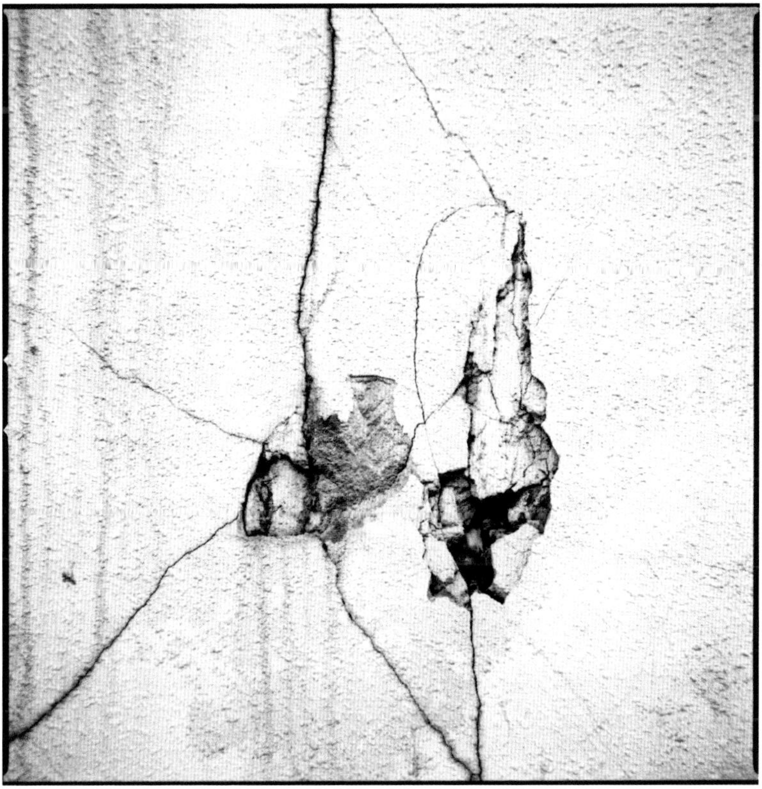

## O MAPA DO CAMINHO DE VOLTA

Senti mais saudade de você do que palavras e imagens podem descrever. Mas vou tentar.

## A FORMA DO AR

Você ama a maneira como o ar se movimenta. E agora eu não consigo mais respirar.

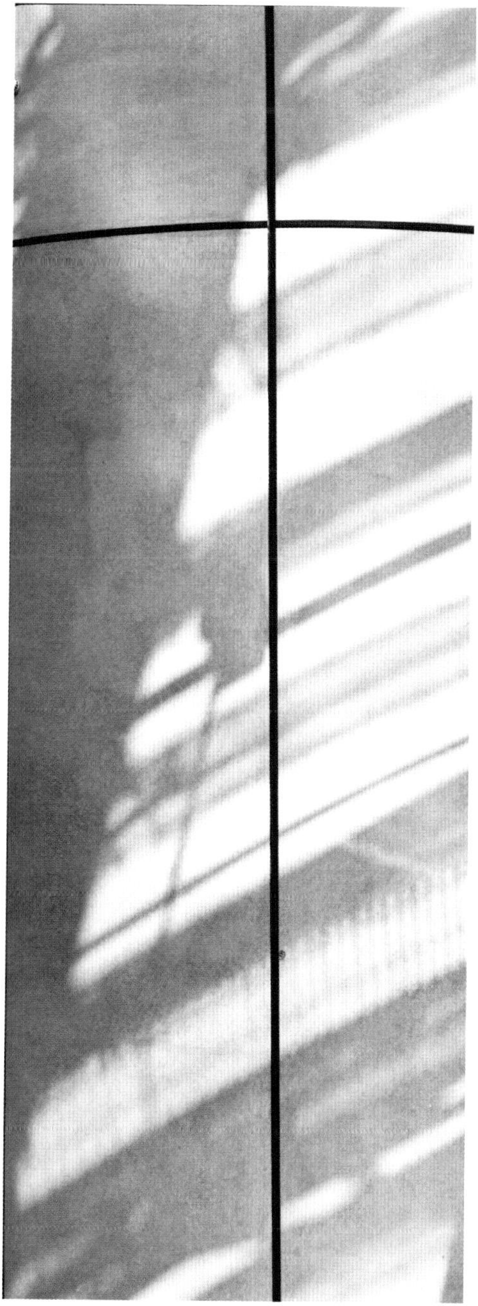

## O BATOM NA JANELA

As palavras "eu te
amo" se tornam
apenas um ruído.
Mas é por isso que
nos beijamos.
Para dizer com os
lábios o que antes
não conseguíamos.

## AUSÊNCIA DE OXIGÊNIO

Esqueça o ar.

Eu vou respirar você.

## AS CICATRIZES QUE VOCÊ AMA

Existem milhões de formas de sangrar. Mas você é, de longe, a minha preferida.

## O ZODÍACO DE UM SÓ

Quando olho para o alto à noite, todas as constelações têm o seu rosto.

## CHIADO NA LIGAÇÃO

Não fale comigo como
quem me chama. Fale
como quem me ama.

## CAIXA DE FÓSFOROS

Você deixou o ar inflamável. Essas paredes são apenas papel. E sangue é combustível. Você não devia ter vindo aqui como fogos de artifício se não queria que eu brincasse com fogo. Eu preciso de luz.

## UMA PICADINHA DE NADA

A gente podia colidir como átomos no sonho erótico de um cientista. A gente podia começar um novo universo juntos. Se entrelaçar como uma doença. E, se isso acontecer, espero que a gente nunca se recupere.

## O POÇO DOS DESEJOS NO CÉU (CARTAS AO PAI TEMPO)

Tudo que peço é que você me deixe passar a eternidade sentindo isso antes de me levar.

## OS SERES HUMANOS NÃO SÃO RECICLÁVEIS

Abraço você assim, tão forte, porque sei que um dia morrerei.

E estou determinado a fazê-lo com um sorriso no rosto.

## O LUGAR ONDE ESPERO

Vou encontrar você no seu enterro se você vier ao meu. Vou ficar pelos cantos esperando seu fantasma se levantar (até o fim dos tempos). Vamos achar um lugar legal para assombrar, uma casa de praia abandonada, cheia de lembranças de insolação no verão. As crianças vão dar risada à noite porque puxamos o pé delas, mas nunca vão saber que também tivemos nossos sonhos ruins. Vamos fazer um paraíso só pra gente e caminhar pelos lugares de antigamente até a morte da morte.

## FLUXO E REFLUXO

Sei que só peguei emprestado. Sei que preciso lhe devolver o verão. Assim como você tem que me devolver o inverno.

## DEPOIS DA SENSAÇÃO MAIS FORTE

Sei que você ainda tem sentimentos em algum lugar.

Mas eles estão muito difíceis de alcançar.

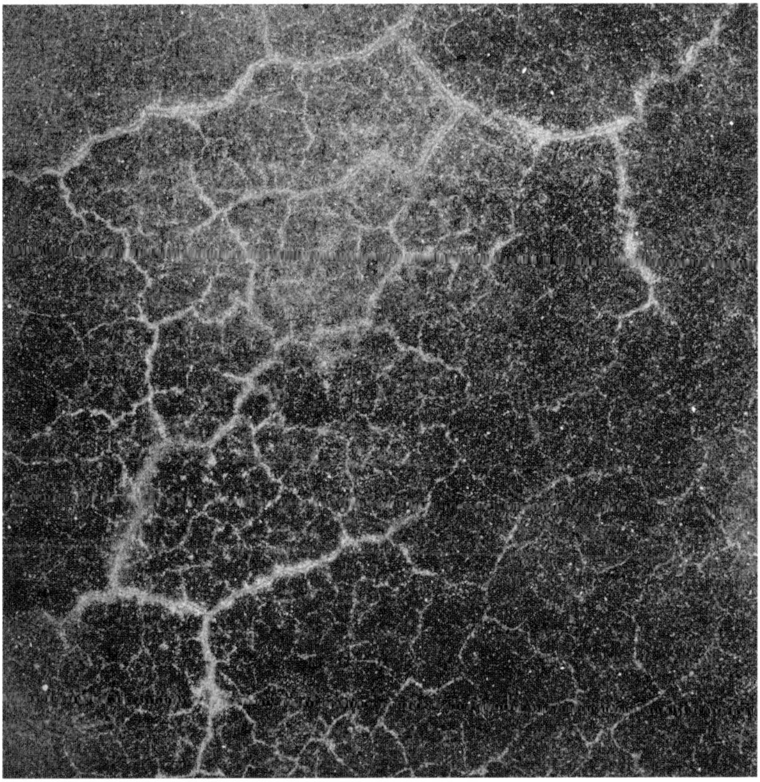

## O QUADRO QUE CRIAMOS

As pequenas coisas que você esquece são as que me matam.

OS DIÁRIOS DOS AMANTES ESTRANGEIROS

Seu coração é tão patriota. Ele mantém o país em pé. Mas deixa o mundo em pedaços.

## A AUSÊNCIA DE POSTAIS

Sei que você não está aqui, vejo nos seus olhos enquanto nos falamos. Seja lá onde estiver, volte logo.

## TRADUÇÃO SIMULTÂNEA

E quando perguntei como você estava eu quis dizer que senti sua falta mais do que de qualquer outra coisa na vida.

## A PRIMEIRA VEZ QUE NOS VIMOS

É quando você sustenta o olhar por um segundo a mais ou talvez quando dá uma risada. Um flash dispara e nossas memórias tiram uma foto de quem somos no momento em que pela primeira vez sabemos que "Isto é amor".

E guardamos aquela foto no coração porque esperamos ser para sempre as pessoas naquela foto. Mas as pessoas mudam. As pessoas não são fotos. E você pode tirar uma foto nova ou jogar a antiga fora.

## CORAÇÕES DESERTORES

Vamos pular amarelinha no shopping. Vamos correr no carro conversível. Vamos ouvir música no volume máximo. Vamos levar um sofá para o meio da avenida e dar tchauzinho para todo mundo que passar a caminho do trabalho. Vamos abraçar desconhecidos nos estacionamentos. Vamos distribuir mensagens secretas no semáforo. Vamos fazer uma lista de todas as coisas que nos fazem sorrir e realizar uma por uma. A vida vai seguir em frente sem a gente quando eu e você tivermos partido. Deixe a vida seguir em frente sem a gente hoje mesmo.

## A EMOÇÃO ESQUECIDA

Sei que antes de você existia alguma coisa.

Só não consigo lembrar o que era.

## A PRIMEIRA RACHADURA É A ÚLTIMA

Eu menti quando lhe disse que esqueci. Sei que não parece grande coisa, mas queria lhe contar a verdade e nunca, jamais mentir para você.

Porque é assim que tudo começa.

ESTRELAS,

## O PONTO EM QUE VOCÊ SALTA

Do lado de fora da estação, ela fica com o filho na calçada, tirando fotos dos carros.

Você pensa que ela é louca. Até um dia notar que ela tira fotos das placas dos carros em que o filho entra.

Porque você olha. Mas não vê.

E ela sai da loja cheia de sacolas de ração de gato. Você pensa que é uma acumuladora de animais até descobrir que ela não tem gato algum.

Porque você come. Mas não saboreia.

Já faz um tempo desde o último disco, mas ele garante que as coisas andam ótimas. Com uma poeira branca nas narinas, ele pergunta se pode dormir no seu sofá, que está fedendo.

Porque você respira. Mas não cheira.

E eles dizem "tudo normal" quando você pergunta como foi a escola. E então você pensa que está escondendo alguma coisa e, quando abre o diário, a última página diz: "Queria que você me desse um pouco de privacidade."

Porque você ouve. Mas não escuta.

E ela tem um hematoma no olho, e você passa as pontas dos dedos e pergunta o que aconteceu. Você acredita. Até que aconteça outra vez.

Porque você toca. Mas não sente.

E elas passam por você todos os dias, um milhão de histórias, cada uma esperando para ser contada. Esperando que você pergunte.

Porque muitos existem. Mas poucos amam.

## A BARGANHA

Ele me deu aquela noite de volta e, dessa vez, eu contei a você toda a verdade. Nós conversamos e ficamos abraçados até o sol nascer. E, quando fui para o inferno, o diabo perguntou se tinha valido a pena. E eu disse que sim. Valeu a pena.

## OS ESQUELETOS NO MAR

A verdade é a última coisa que posso aceitar, porque foi a última que você levou.

## A ESTRELA ESQUECIDA

Você sempre me diz que foi bom enquanto durou. Que as chamas mais intensas são as que queimam mais rápido.

Ou seja, você via em nós uma vela. E eu via em nós o sol.

## O SERAFIM E O PIRATA

Você foi melhor para os que foram piores para você. E foi pior para quem foi o melhor para você.

## A PESSOA QUE ME FALTA

Apenas diga adeus. Você pode dizer quando se levantar do sofá. Quanto estiver perto da porta. Eu vou dizer adeus quando você entrar no carro.

E gritar enquanto você vai embora.

## O ESTRANHO EM VOCÊ

Meus pais me deram um livro e ele dizia que fui feito de terra e poeira. Mas você, você foi feita de cinzas.

## AS SOBRAS

Me construí com todo o amor que você não quis mais.

## O FIM DE TUDO

Se você pensou que aquela era nossa
segunda chance, pensou errado.

Era a última.

## A PONTE DA SOLITUDE

Assim como confundiu atração com amor, você também confundiu estar só com solidão. Então estou ótimo. Obrigado por perguntar.

## A PURA ARROGÂNCIA DA SOLIDÃO

Fazer amor nunca se resumiu a eu e você na cama.

Fazíamos amor toda vez que dávamos as mãos.

O CORAÇÃO É VERMELHO

Desculpe. Mas você nunca soube a diferença entre mim e o seu próprio humor.

## OS DESGRAÇADOS ME AMARRARAM

Você até pode continuar chamando de término. Eu vou continuar chamando de exorcismo.

## A SOMBRA

Você não está mais aqui. Então vá embora por favor.

## A VERDADE É HORRÍVEL

Nos filmes, a pessoa que termina com você nunca fica com o nariz entupido quando chora. E todas as suas lágrimas são lindas.

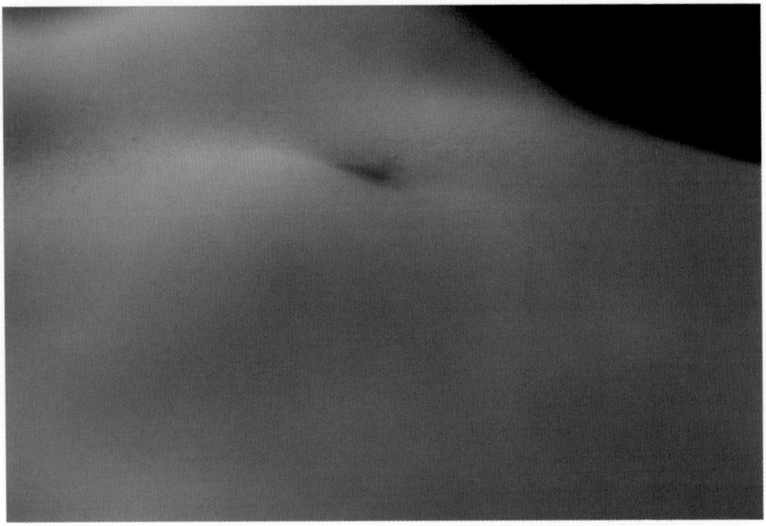

## A PELE QUE HABITO

Esta é a minha pele. Ela me protege da chuva e das palavras que eu preferia não ouvir, como "Cansei", "Estou bem" e "Precisamos conversar".

Esta pele é minha e é grossa. Esta não é a sua pele. E mesmo assim você continua sob ela.

## O CHÃO DEMORA TANTO PARA CHEGAR

Parabéns.

Você me derrubou. E agora tornou tudo que é triste relevante.

## O ARMÁRIO ESTÁ VAZIO

Acabaram as ligações à meia-noite e as flores deixadas à sua porta. Acabaram as cartas arremessadas pela escada de incêndio e os cabelos desenhados na areia. Acabaram os grafites do seu nome em viadutos. Quase já não tenho nomes fofos para dizer entre as cobertas e as nove da manhã. Não tenho mais dramáticas demonstrações públicas de afeto. E agora qualquer pessoa que eu amar com certeza vai me achar um chato. Porque gastei tudo com você.

## O PEQUENO ICEBERG

Beleza. Talvez eu seja o quebra-cabeça. Mas você ainda é as peças.

## O SEGUNDO VAGÃO

Eu deixaria a lembrança de você na estação, mas ela já sabe o caminho de volta para casa.

## A ROSA NEM SEMPRE É UMA ROSA

Você pode estar apaixonado e pode estar em um relacionamento. Mas essas coisas nem sempre são a mesma.

## A MECÂNICA DAS MARIONETES

Acho que eu deveria dizer obrigado por você ter cortado as minhas cordas. Mas, se para você tanto faz, preferia que tivesse deixado as asas.

## O ESPECTADOR OUVE ALGO SEM QUERER

Estou com ela porque, apesar de tudo, ainda a amo. E, embora você possa chegar e me ver dando um murro na parede, é só porque queria beijar os lábios dela.

Não existe vingança aqui.

O amor não odeia de volta.

## DEIXADO PARA TRÁS

Não sei quem você está beijando agora. Mas sei em quem você pensa enquanto beija.

## O SIMPLES ESTILHAÇAR DA ÁGUA

É porque vocês foram feitos com as mesmas peças. E depois, quando você conseguiu se reconstruir, um pedaço que não era seu continuou aí dentro.

## A TORRE DE VIDRO

Até você deixar de ser as imagens que me perseguem por uma sucessão de telas todas as noites. Até a parte que você tocou primeiro em mim esquecer.

## O MAR RETOMA A TERRA

Sei que você é só uma boneca de pano agora, costurada com as memórias do que poderíamos ter vivido.

Sei que você é apenas o sonho dentro do sonho.

Não se preocupe, eu reconheço que não te reconheço mais.

## O MUNDO É GRANDE DEMAIS

Todo esse espaço sem você dentro é vazio.

## A CORTINA VERDE

Quantos corações seriam invadidos pelos motivos errados se toda vez que você dissesse "Eu te amo" estivesse falando a verdade?

## A PRINCESA ESTÁ EM OUTRO CASTELO

Você não pode voltar no tempo, mesmo desejando com cada célula do seu ser, com todo o coração, mesmo pensando nisso todos os dias.

Confie em mim. Eu sei.

## OS MONSTROS QUE ME FAZEM FALTA

E cada coisinha que você fazia e me incomodava é uma coisinha de que eu sinto falta.

## O ERRO DA PARALAXE

A única razão para eu odiar você agora é eu ter amado você antes.

## A HISTÓRIA DE UM INCÊNDIO CRIMINOSO

Quando você morava aqui, isto era uma cidade. Quando você se foi, virou um povoado.

# AS COISAS VENDIDAS NA AREIA DA PRAIA

Eu poderia jurar que estava dizendo a verdade quando lhe disse que não sentia saudade.

## CONVERSA DE BAR

Você é apenas mais uma história que eu não posso mais contar.

## OS ÚLTIMOS DIAS

Só preciso que você conte às pessoas que estive aqui, que senti, vivi e amei tudo o que pude, enquanto pude. E que a pessoa que eu amei foi você.

## O GOLPE DE AR QUE NOS PEGOU

Se o tempo me levar (e o tempo vai me levar), vou voltar como uma única pluma.

Então, por favor, volte como brisa.

## A MORTE DO AMOR

Ah, amor. Por que seu corpo não se mexe mais, por que seus músculos cantam adeus, por que seu peito não sobe e desce?

Ah, amor. Por que sua pele ficou tão fria, por que seus olhos não procuram o meu rosto, por que você não se levanta para receber meus abraços?

Ah, amor. Não tenho remorso por nossos pecados, não tenho um coração a ser partido, pois com você ao túmulo ele foi levado.

Ah, amor. Amor que virou morte, morte que virou saudade, saudade que virou as costas e aqui sozinho me abandonou.

Ah, amor. Ah, amor. Ah, meu amor.

## OS PONTOS DE EXCLAMAÇÃO DESAPARECIDOS

Você está bem. Respire. Apenas respire. Abra os olhos. Volte. Está tudo bem. Já acabou. Você está bem. Acorde. Por favor, acorde. Não faça isso comigo. Não faça isso comigo. Não faça isso comigo. Eu te amo pra caralho. Volte.

## A ÁRVORE MENTIROSA

O mínimo que você pode fazer é desfazer o sinal da cruz. Desjurar por Deus.

## O DIA DEPOIS DO ACIDENTE

Apesar de tudo, o sol nasceu de novo e lançou luz sobre as ferragens frias lá embaixo. Sem ruídos altos. Sem gritos. Sem vidros se quebrando. Apenas um silêncio ensolarado. Você seria perdoado se pensasse que isso tudo aconteceu em outra dimensão. Mas não.

## O FUTURO É O PASSADO À ESPREITA

Embora você talvez não consiga imaginar como eu era, eu vivi de fato.

Acima de tudo, eu amei.

## A PRÓXIMA PARADA

Só porque ainda é tão verdadeiro e vivo. Em breve serei apenas uma série de imagens que às vezes passam pela sua mente quando você menos espera. E, depois, só restarão algumas.

Depois, uma. A memória de uma memória.

## O SOL OU A LUA

As coisas mudam o que você sente. E as coisas mudam.

## A CIDADE SE LEVANTA E CAI

Você era um sonho. Depois uma realidade. Agora uma recordação.

## AS LINHAS AZUIS

Eu nem poderia convencer você
de que o azul que eu vejo é o
mesmo que você vê. Porém talvez
seja assim que os amantes sabem
quando é amor; eles veem
o mesmo azul. E os dois
sabem o que veem.

## A ÁGUA ESTÁ EM CHAMAS

Não tenho medo de nunca
conhecer você. Tenho medo
de já ter conhecido
e ter deixado você partir.

## OS SEGUNDOS ANTES DO LANÇAMENTO

Este não sou eu sentindo falta de você.

Este sou eu sentindo falta de quem eu costumava ser.

Este não sou eu.

## AS ALTERNATIVAS TRISTES

Amo só você e mais ninguém, mas você está longe e eu estou sozinho. Esta é minha vida e talvez, por mais improvável que seja, eu consiga fazer o caminho de volta. Ou talvez, um dia, eu me contente com uma segunda opção. E, nesse mesmo dia, o inferno vai congelar, o sol vai perder a luz e as estrelas vão despencar do céu.

## A PROMESSA QUE O SONO ME FEZ

Qualquer cama sem você está quebrada.

## A TEORIA AINDA É SÓ UMA TEORIA

Se eu piscar os olhos do jeito certo, talvez acorde e você ainda esteja dormindo aqui do meu lado.

## O TIQUE-TAQUE NO SEU PEITO

Quando nos encontrarmos de novo, vou abraçar você tão apertado e com tanto cuidado... Como se você fosse um cristal. Ou uma bomba atômica.

## OS FRAGMENTOS SE MERECEM

Às vezes as coisas
simplesmente se quebram.
Podemos botar a culpa
naquela terceira pessoa que nos
tornamos, na personalidade
que tínhamos juntos. Talvez
seja culpa dela, porque você é
uma boa pessoa e acho que eu
também sou. Só não fomos
feitos para isso.

## A ÁGUA FLUI PARA CIMA

O coração é um músculo como qualquer outro, e o melhor exercício que você pode fazer para fortalecê-lo é levantar e sacudir a poeira.

## O BRILHO FRACO

O que você me deu foi um motivo. Não uma desculpa. Porque existe transar, fazer amor e trepar. E existe você.

## GÊMEOS

Gosto de pensar que em algum lugar distante, num planeta igualzinho ao nosso, duas pessoas iguais a eu e você fizeram escolhas completamente diferentes e que, em algum lugar, ainda estamos juntos.

Isso para mim basta.

## A SALA DE AULA VAZIA

Você me ensinou a viver na solidão.

E, na sua ausência, aprendi a minha lição.

## O MUNDO FICA MELHOR AO CONTRÁRIO

Nunca mais vi você. Você bateu a porta quando entrou. Gritamos por causa de uma merda qualquer que nem deveria ter importância, mas que, por algum motivo, tinha. Aconteceu. Falamos baixinho. Acabamos na cama. Eu lhe disse

"Eu te amo."

E você também disse. Frequentamos cinemas e festas e amigos e comemos e bebemos e fizemos amor.

Tudo acabou com meus olhos encontrando os seus pela primeira vez e a sensação súbita e extrema de expectativa.

E agora, como eu poderia sentir falta do que nunca existiu?

CHUVA.

## O ANJO DO QUASE

De repente eu estava em algum outro lugar e tudo era claro. Uma voz disse

"Se tivesse continuado a praticar aquela música que quase acertou, você seria incrível. Maior que os Beatles."

E continuou

"Se tivesse continuado a escrever aquele livro que quase terminou, teria mudado a vida de muita, muita gente."

E depois disse

"Se tivesse tentado se aproximar só mais um pouquinho da pessoa que amou, quando quase a conquistou, sua vida seria completamente diferente."

E eu perguntei

"É isso que acontece depois da minha morte?"

E a voz disse

"Quase."

## O MELHOR JEITO DE ENCARAR O ENGARRAFAMENTO

Não vale se você acredita em si mesmo quando é fácil acreditar. Não vale se você acredita que o mundo pode ser melhor quando o futuro é promissor. Não vale se você acredita que vai vencer quando a linha de chegada está bem diante de você.

Vale quando é difícil acreditar em si mesmo, quando parece que o mundo vai acabar e você ainda tem muita estrada pela frente.

Só vale nessa hora. É aí que acreditar faz diferença.

## A ESPERANÇA DA SIMETRIA

Então você procura padrões porque é isso que os seres humanos fazem para tentar dar sentido às coisas. Na esperança de que exista alguma ordem divina. E você busca nos filmes e nas músicas e nas coisas que lê algum símbolo, pontos e curvas que combinem com os seus. Mas o único padrão verdadeiro que existe é aquele que você cria quando segura um espelho. E reflete.

## A PASSARELA NO CÉU

E para você pode parecer que estou apenas andando pelas ruas da sua cidade de cabeça erguida.

Mas, na minha cabeça, eu não estou na sua cidade.

## O REMÉDIO É A DOENÇA

Se tem uma coisa que odeio são as pessoas que não me dão passagem na rodovia.

Se tem uma coisa que odeio é precisar dar passagem para as pessoas na rodovia.

Se tem uma coisa que odeio é acordar e ver cinquenta babacas fingindo que são eu.

Se tem uma coisa que odeio é acordar me sentindo um babaca por ter gritado com aqueles babacas.

Se tem uma coisa que odeio são pessoas que transformam as coisas que digo em insípidas mensagens de cartão de aniversário.

Se tem uma coisa que odeio é transformar um monte de boas ideias numa lista de compras.

Se tem uma coisa que odeio é aquilo que você sente quando arranha um carro novo.

Se tem uma coisa que odeio é não saber o que há de errado com uma pessoa quando tudo o que você quer é fazer com que ela se sinta bem.

Se tem uma coisa que odeio é saber que minha mente tende naturalmente à negatividade e não ser capaz de dar um basta.

Se tem uma coisa que odeio são pessoas que viram suas amigas só para virar amigas dos seus amigos.

Se tem uma coisa que odeio é estar muito ocupado e transformar isso numa desculpa para ignorar o seu e-mail.

Se tem uma coisa que odeio é precisar reconhecer que meus sentimentos são meus e de mais ninguém. E que são responsabilidade minha.

Se tem uma coisa que odeio é esquecer disso e descontar tudo no mundo.

Se tem uma coisa que odeio são pessoas que criticam as coisas e não aceitam críticas.

Se tem uma coisa que odeio é ir todo dia fazer o mesmo trabalho pelo mesmo salário.

Se tem uma coisa que odeio é não ter emprego.

Se tem uma coisa que odeio não é você.

Sou eu.

## OS FRAGMENTOS DE ESPERANÇA

Ei, Você do Futuro,

Aguente firme. Por favor.

Com amor,

Eu.

Ei, Você do Agora,

Eu estou aguentando. Mas dói.

Com amor,

Eu.

Ei, Você do Passado,

Eu aguentei. Obrigado.

Com amor,

Eu.

## POR QUE O SALGUEIRO CHORA

Chora por você tarde da noite, quando o sono não vem.

Chora pela pessoa de quem você sente saudade.

Chora pelos sonhos que você carrega nas pontas dos dedos.

Chora pelos compromissos desmarcados e chora pelas lágrimas no seu travesseiro.

Chora pelo silêncio e chora pelo ruído.

Chora por cartas formais, quando antes as coisas eram ditas o mais perto possível do seu ouvido.

Chora pela traição, proposital ou não.

Chora pelos amigos que um dia vocês foram.

Chora pelas cores desbotadas.

Chora pelo nascer do sol.

Chora pela morte na família e pelo bebê que nasceu.

Chora pela última vez que vocês se tocaram.

Chora pelas palavras que não podem voltar atrás.

Chora com muita dor e muita força e muita frequência. Para que você não precise. Para que você siga em frente.

Chora por você. Quando o seu choro acabou.

## A FALTA DE DESCULPAS

Não importa onde você me guarda. Não importa como você me rotula.

Não importa como você me olha. Eu continuo aqui e continuo sendo a mesma pessoa, feita das mesmas coisas. Não me arrependo de nada.

## A VERDADE POR TRÁS DAS MONTANHAS DE VIDRO

Isso não é tortura.

Tortura é o que acontece em quartinhos escuros de países com nomes difíceis de pronunciar.

Isso é só um pouco desagradável.

Isso não é heroísmo.

Heroísmo é o que acontece em igrejas que também são escolas, comandadas por professores que não têm nome e dormem no chão.

Isso é só uma boa ação.

Isso não é perda.

Perda é o que acontece em campos cheios de papoulas, em hospitais lotados de moscas, em desertos distantes e em madrugadas em que não há bom motivo para o telefone tocar.

Isso é só saudade.

Isso não é importante.

Importante é o que acontece com joelhos dobrados e últimos suspiros, mãos apertadas, um aperto ainda maior no coração.

Isso é só uma distração.

## AS FLORES DO ASTEROIDE 3753 CRUITHNE

Pessoas incríveis foram chamadas de estranhas para que hoje não chamem você de nada.

## A SINCERIDADE NECESSÁRIA DEPOIS DA MEIA-NOITE

Não a primeira do dia nem aquela da TV, não aquela da ligação bem-intencionada numa segunda à noite nem alguma que você ouve no rádio – a voz que sussurra nos seus ouvidos logo antes de você cair no sono, é nessa que você presta atenção.

## O LUGAR AONDE AS FRASES VÃO PARA MORRER

Ninguém sabe de onde as palavras vêm, e se alguém disser que sabe, essa pessoa está mentindo.

## AS PESSOAS QUE PODÍAMOS SER

Ter um dom não significa que algo lhe foi dado.

Significa que você tem algo a dar.

## A INSCRIÇÃO

É assim que vivo. É assim que vivo. É assim que vivo.

Sussurro coisas em voz baixa três vezes para me lembrar.

É aqui que vivo. É aqui que vivo. É aqui que vivo.

Dentro do sol, debaixo das árvores em chamas.

É assim que amo. É assim que amo. É assim que amo.

Fazendo carinho em você, caso algum dia não possa.

É aqui que amo. É aqui que amo. É aqui que amo.

No coração das coisas, nas pontas das ondas.

É assim que morro. É assim que morro. É assim que morro.

Muito rápido, sem o tempo necessário.

É aqui que morro. É aqui que morro. É aqui que morro.

Aqui.

## A MADEIRA NAS ÁRVORES

Você sempre espera um sinal, mas, quando ele chega e você não gosta da resposta, chama de coincidência. Não existem coincidências.

## O CÉU VERMELHO À NOITE

Hoje nenhum avião atingiu um edifício.

Hoje nenhum fogo caiu do céu.

Hoje não houve confronto nas ruas.

Hoje as notícias falavam só de pessoas famosas.

Hoje ninguém gravou um vídeo tremido de crianças fugindo de um vilarejo incendiado.

Hoje nenhuma pessoa ficou na frente de um tanque.

Hoje ninguém colocou flores no cano das armas.

Hoje você vai abrir seu e-mail.

Hoje nenhum tiro soou em meio a uma marcha do movimento negro.

Hoje não houve uma revolução negociada.

Hoje nenhuma bandeira foi queimada.

Hoje haverá partidas esportivas e as pessoas vão se aborrecer com os resultados.

Amanhã, no entanto, será um novo dia.

## A QUANTIDADE DE GENTE QUE CURTIU ISSO

E agora, não importa aonde vá, você sempre pode olhar para a tela e ver o que outras mil pessoas curtiram.

## O ACENO E A PISCADINHA

O tempo nunca disse

"É melhor você aproveitar agora, porque logo a gente vai para outro lugar."

Mas era isso que ele queria dizer.

## POUCOS E POUQUÍSSIMOS

Você pode tornar o mundo mais bonito apenas se recusando a mentir sobre ele.

## O RETORNO AO VERDE

Ah, deixa disso. Toda vez que chove, a chuva para. Toda vez que você se machuca, você se cura. Depois da escuridão sempre há luz, e toda manhã é um lembrete disso, mas mesmo assim você prefere acreditar que a noite vai durar para sempre. Nada dura para sempre. Nem o bom nem o ruim. Então você pode muito bem sorrir enquanto está aqui.

## A INVEJA DOS DESEJOS

Você acorda com uma lista de todas as pessoas que preferia ser.

Mas você já está na lista de todas as outras pessoas.

## A NATUREZA DO MEU CORPO

Esse som que você está ouvindo é o som de alguém se dando conta de que às vezes é mais fácil mudar o mundo do que a própria vida.

## A PLANTAÇÃO FANTASMA

Para você, era apenas colher flores. Para elas, era uma carnificina.

## A PROPORÇÃO DE VIDA NA VIDA

Claro, algumas pessoas oferecem um pouquinho de si todos os dias. Mas há uma ou duas almas abençoadas que, quando você menos espera, oferecem a vida inteira de uma só vez.

## A NOITE REFRATÁRIA

Você esquece que, no escuro, precisamos chegar mais perto para nos ver. Você nunca esteve só.

## A ÁRVORE-METRÔNOMO

Esqueça suas listas e faça o que puder, porque é só o que você pode fazer. Ligue para as pessoas de quem sente saudade e diga que as ama. Abrace os mais próximos o mais apertado que conseguir. Porque basta a idiotice de um motorista bêbado, o erro de um comerciante nervoso, a melhor tentativa de um médico ou a idade avançada para você encontrar a eternidade.

## A VERSÃO MAIS DURA DE VOCÊ

E você não vai encontrar medo aqui, em palavras indelicadas ou na rigidez dos outros.

E você não vai encontrar tristeza aqui, na maldade do mundo, na raiva que vem daqueles que se sentem pequenos.

E você não vai encontrar mágoa aqui, num milhão de insultos ou numa única mentira dita com suavidade.

Porque só um coração duro se despedaça.

Só um coração duro se quebra.

## A CONVERSA PERTO DO FIM

"Você é linda."

Respondeu a mosca à aranha.

## O OUROBOROS PELO QUAL ME APAIXONEI

Onde você está, aqui e agora, é como as histórias ruins terminam. Mas também é assim que as melhores histórias começam.

## OS CAMALEÕES MORAM NA CIDADE

Você deve ter orgulho de nunca ter tentado me mudar, embora mudar fosse tudo que eu sempre quis.

## O PAREDÃO DE DIAS

Você nunca vai conhecer alguém que tenha feito algo incrível e tenha esperado a permissão para fazê-lo.

## A LISTA DE MUDANÇAS

Podemos responder qualquer pergunta, como o que os atores fazem para chorar em cena, por isso não ficamos mais maravilhados nos maravilhando com as maravilhas do mundo.

E tudo a que assistimos pode ser pausado, por isso não perguntamos mais o que acabou de acontecer enquanto estávamos falando.

Não podemos mais nutrir a esperança de ter apenas perdido a ligação de alguém, porque nosso telefone está sempre conosco e, se a pessoa não ligou, não ligou mesmo.

Não há manifestações nas ruas, apenas um botão de curtir.

Ninguém lê histórias em voz alta, a menos que seja criança.

Nada de cartas. Apenas contas.

## A PAISAGEM DURANTE A QUEDA

As pessoas mais duras e frias que você conhece já foram suaves como água.

E essa é a tragédia da vida.

## O QUE VOCÊ VEIO FAZER AQUI

Não ouse dizer que nada disso importa. Tudo importa. Cada maldita gota de chuva, cada raio de sol, cada tufo de nuvem importa, e essas coisas importam porque eu as vejo e, se eu vejo, elas também me veem. Sei que lá fora existe um mundo inteiro que se importa escondido atrás de um mundo que não se importa, com medo de mostrar quem ele é de verdade. E sei que, com ou sem você, vou tirar esse mundo da terra, da lama e do sangue até que possamos viver nele. Até que todos nós possamos viver nele.

## O LUGAR ONDE TODO MUNDO IMPORTA

Se você não acha que sou importante, você é um ninguém, não um alguém.

Porque todo mundo é importante para alguém.

## AS MARIPOSAS CHEGAM EM PRETO E BRANCO

A má notícia é que as pessoas são mais cruéis, mais maldosas e mais perversas do que você imagina.

A boa notícia é que as pessoas são mais bondosas, mais gentis e mais amorosas do que você sonha.

## A AUDIÊNCIA

Você é muito bonita para ser estranha e muito estranha para ser bonita.

E você se sente estranha quando as pessoas tentam falar com você. Então arranje um emprego, é mais seguro que a arte. Talvez as pessoas não fiquem encarando e apontando tanto. Mesmo se isso for apenas coisa da sua cabeça. Ainda mais se for apenas coisa da sua cabeça.

## O DOCE ALÍVIO

Se você estreitar os olhos, as luzes dos postes se transformam em centenas de fantasmas a caminho de casa.

## AS ÁRVORES QUE DECIDIRAM NÃO MORRER

Enquanto deixo minha caneta de lado, sei que alguém, em algum lugar, pega a própria caneta.

Sei que alguém, em algum lugar, toca violão pela primeira vez.

Sei que alguém, em algum lugar, molha um pincel e risca uma tela em branco.

Sei que alguém, em algum lugar, canta uma canção que ninguém nunca cantou.

Talvez alguém, em algum lugar, crie algo tão bonito e comovente que vai mudar o mundo.

Talvez esse lugar seja aqui.

Talvez esse alguém seja você.

## O SALVADOR SE PERDEU NO ESPELHO

Se você só ajuda para depois poder contar aos outros que ajudou, eu não preciso da sua ajuda.

## A CHUVA JÁ FOI UMA NUVEM

Conheça uma pessoa o máximo que puder. Agarre-se aos momentos que a definem. Quando o corpo dela partir, ela vai ficar.

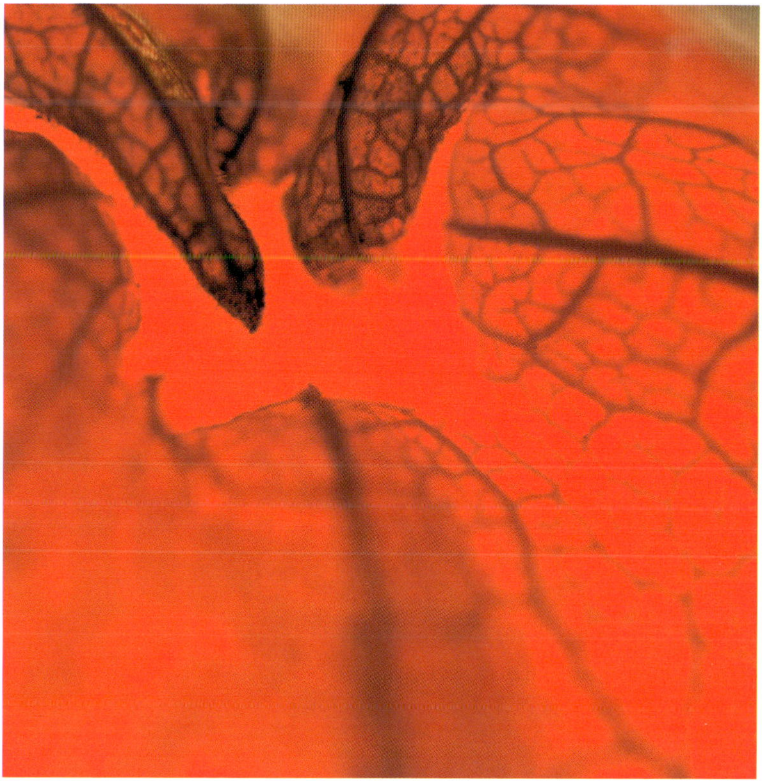

## A MENTIRA VERMELHO-SANGUE

O melhor momento para refletir é quando você gosta da pessoa que olha de volta.

## O MOMENTO EM QUE MINHA PELE ENCOSTOU NA SUA

Tudo o que queremos, e falo em nome de toda a raça humana, é contato. Alguém para nos mostrar que não estamos sozinhos. Que o mundo não é um sonho e que eu e você de fato estamos acontecendo ao mesmo tempo, ainda que não no mesmo espaço. Que isso é real. Você está realmente aqui. Eu estou realmente aqui. Nós somos reais.

Isso é real.

## AS EMBALAGENS DAS PESSOAS

"Mas isso é só mais um rótulo."

"Não, não é; esse é o rótulo que colocamos em você se você disser 'não me rotule'."

## OS DEFENSORES DOS ESQUECIDOS

Você é o herói de ninguém. E ninguém precisa de você. Desesperadamente.

## A PRESSÃO SOBRE OS FERIDOS

Você sabe que eu simplesmente não seria humano se não tentasse segurar a sua mão se desintegrando com a luz de mil sóis em algum lugar sobre Hiroshima. Ou não beijasse as lágrimas do seu rosto no Iraque, assim como o suor da sua testa no Zimbábue. Não seria eu se não tentasse levantar os escombros esmagando você em Gaza ou lhe oferecer abrigo em Ruanda. Como um último abraço num edifício em Nova York ou a água que dividimos no Afeganistão. Mais do que o sangue que misturamos em Flandres ou a praia que atravessamos na Normandia. Por mais tempo que os incêndios em Dresden ou Soweto. Eu não vou soltar a sua mão.

## O LUGAR ONDE ESTOU

Vocês não podem me matar aqui. Enviem seus soldados, sua morte, sua doença, sua economia falida, porque não faz diferença, não tenho mais nada a perder e vocês não podem me matar aqui. Tragam as lágrimas dos órfãos e os gritos de perda das mães, tragam sua maldita força aérea e Jesus na cruz, tragam sua raiva e sua amargura e sua longa jornada de trabalho, tragam suas carteiras vazias e seu amor há muito tempo perdido, mas vocês não podem me matar aqui. Tragam o deboche, as piadas irônicas e as amizades nunca sentidas, as cartas nunca enviadas, os beijos nunca dados, os cigarros fumados até o osso e o medo de morrer de câncer, mas vocês não podem me matar aqui. Porque eu posso cair e eu posso falhar, mas me levanto de novo a cada vez e vocês não vão ficar satisfeitos. Porque vocês não podem me matar aqui.

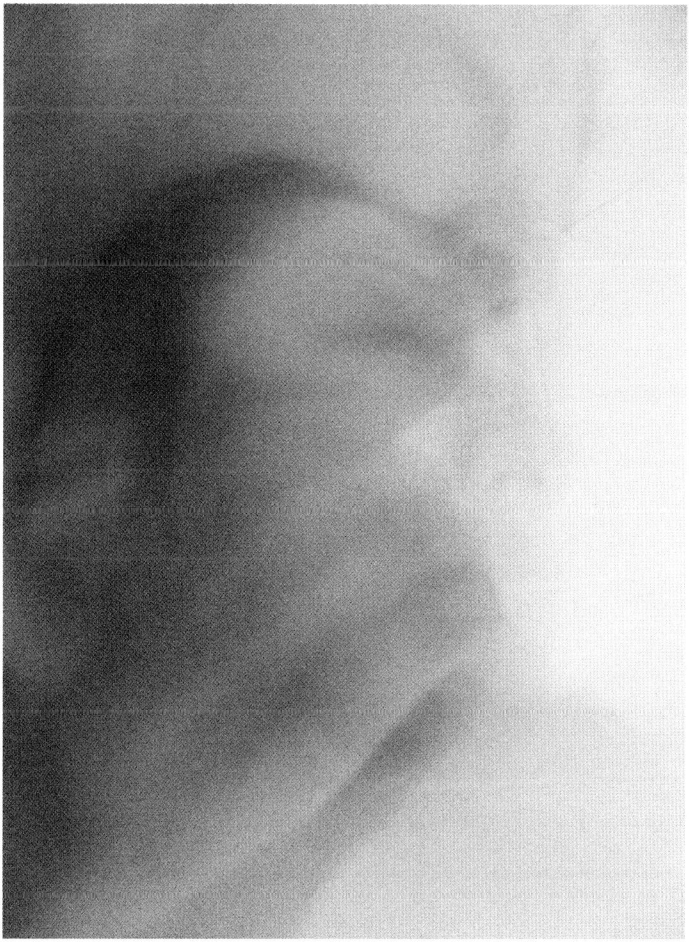

## O CHÃO VAI CEDER

A má notícia é que suas escolhas e intenções, algumas pessoas e lugares, as noites em claro e tudo o que você fez: tudo isso pode levar você ao fundo do poço.

A boa notícia é que não será a primeira vez que alguém terá lutado com unhas e dentes para sair do inferno.

## O MUNDO PRECISA DE MAIS FARÓIS

Você pode se juntar aos milhões que falam no escuro.

Ou pode se levantar e gritar luz no meio da noite.

## O INCRÍVEL JANTAR QUEIMADO

Na teoria é lindo, mas eu discordo. Acho que há momentos na vida em que se deve dançar como se todo mundo estivesse olhando.

## AS BOLHAS SÃO SUAS AMIGAS

E embora as ondas possam derrubar você e a correnteza possa puxar você para o fundo, o céu sempre está logo ali em cima.

E as suas amigas vão mostrar o caminho.

## A PERFEITA APATIA

Você relembra e remói todas as coisas que perdeu e ignora todas as que não perdeu. Porque suas cicatrizes são como estrelas. Mas a noite continua perfeitamente escura.

## A CURVA FINITA

Você vai se machucar um número finito de vezes durante a vida.

Você tem infinitas maneiras de lidar com elas.

## A LOJA QUE ALUGA FELICIDADE

"É essa", o universo me garante de trás do balcão.

"Mas você tinha dito que era a que veio antes", eu respondo.

"Não", diz o universo. "Ofereci aquela para que você soubesse que é essa."

"Tem alguma outra?", pergunto ao universo.

"Não posso contar", ele responde. "Estragaria a surpresa."

## O DIA EM QUE VOCÊ LEU ISTO

Nesse dia, você leu algo comovente e percebeu que não há mais medos a temer. Nem lágrimas a chorar. Nem cabeça a pender por vergonha. Que toda vez que pensou ter ofendido alguém era tudo coisa da sua cabeça e que, na verdade, todos amam você de todo o coração e isso jamais vai mudar. Que tudo e todos continuam vivos dentro de você. E que isso não torna nada menos real.

Que os toque suaves vão mudar você e ficar ao seu lado por muito mais tempo do que os grosseiros.

Que estar só significa que você se libertou. Que os velhos amantes sentem a sua falta e os novos querem você por perto e que aquele com quem está hoje é com quem deve estar. Que os arrepios que correm pelo seu braço são plumas dos anjos que dizem coisas nos seus ouvidos o tempo todo, basta escutar. Que tudo que você quer que aconteça vai acontecer, basta querer o bastante. Que toda vez que tiver um pensamento triste, você pode substituí-lo por um contente.

Que você controla completamente tudo isso.

Que as pessoas que fazem você rir são mais bonitas do que as pessoas bonitas. Que você ri mais do que chora. Que chorar faz bem. Que as pessoas que você odeia queriam que você parasse de chorar e você também.

Que os seus amigos são um reflexo do que você tem de melhor. Que você é mais do que a soma das coisas que sabe e da maneira como reage a essas coisas. Que às vezes dançar é mais importante do que escutar a música.

Que os momentos mais constrangedores e vergonhosos da sua vida são lembrados apenas por você. Que ninguém está julgando quando você entra numa sala e que, na verdade, todos estão apenas preocupados em saber se você os está julgando. Que o que você faz e a forma como ocupa o seu tempo são coisas muito mais importantes do que você imagina e deveriam ser tratadas assim. Que a diferença entre o trabalho e a arte é a paixão. Que nenhum dos dois define quem você é. Que é falando com estranhos que você faz amigos.

Que os dias ruins terminam, mas um sorriso pode dar a volta ao mundo. Que a vida se contradiz o tempo todo. Que é por isso que viver vale a pena.

Que a diferença entre dor e amor é tempo. Que o amor só é real na medida que você quer que seja. Que se você estiver bem sua aparência vai refletir, mas que o contrário nem sempre é verdade.

Que o sol vai se levantar todo dia e cabe a você fazer o mesmo. Que nada importa até este momento. Que o que você decidir agora, neste instante, vai mudar o futuro. Para sempre. Que a chuva é linda.

E você mais ainda.

## O SALÃO DE DESEMBARQUE

Um avião pousou e um homem num agasalho surrado se debruçou e se perguntou se era esse. As pessoas desceram e andaram até o terminal branco enorme e reluzente, onde foram recebidas por outras (algumas aos prantos, mas todas sorridentes) ou, quando não havia ninguém para recebê-las, olharam em volta, deram de ombros, sentaram-se em uma das longas fileiras de cadeiras de alumínio e ouviram música ou abriram um livro ou só ficaram olhando para o nada naquela espécie de transe que acompanha viagens de longa distância. Muitas pessoas ligaram para alguém. Uma, por algum motivo bizarro, tentou passar de volta pelo portão, voltar para o avião. Os seguranças gentilmente a impediram.

O velho já tinha visto tudo isso, mas não se incomodava com a espera. Tinha ficado craque. Havia exatamente 128 cadeiras no terminal D. O teto tinha exatamente 864 ladrilhos. Os aviões pousavam a cada 11 horas, 59 minutos e 59 segundos. Ele sabia. Tinha tempo suficiente para contar. Ele lia o jornal. Era sempre o mesmo jornal, mas a cada dia havia uma história diferente sobre alguém que ele conhecia na primeira página.

Exatamente 11 horas, 59 minutos e 59 segundos depois, ele já estava muito concentrado no jornal e na canção de ninar do locutor que vinha pelos alto-falantes do terminal para notar a forma feminina pequena e diminuta em pé ao seu lado.

"Oi", disse ela.

Ele levantou os olhos do jornal.

"Acho que conheço você."

"É, acho que sim", respondeu ele.

"Uma vez que você trocou seu último maço de cigarros por uma bicicleta, no meio da guerra, e pedalou cinco horas para me ver."

"Acho que fui eu. Não consigo me lembrar. Acho que tínhamos uma mercearia juntos. Lembro das ruas de paralelepípedos e do jornaleiro na mesma rua. As crianças compravam gibis. Tinha um porto."

"Acho que isso aconteceu."

Houve um momento de silêncio.

"Como foi o voo?", perguntou ele finalmente.

"Bom. Teve um pouco de turbulência perto do fim, mas de resto foi ótimo."

Ela esfregou os braços.

"Conseguiu fazer tudo que precisava fazer?"

"Até que consegui. Quase tudo, acho."

"Bom, não tem coisa melhor que isso."

"Acho que sim. O chá estava ótimo."

"Que bom, então", disse ele sorrindo.

"Será que agora pegamos um táxi?"

"Não, acho que ainda não."

"Então fazemos o quê?"

Ele abriu espaço na cadeira de alumínio ao seu lado, depois tirou o agasalho e embolou para fazer um travesseiro improvisado.

"Acho que vamos encontrar alguém."

"Ah. Vamos precisar esperar muito tempo?"

"Não. Não numa perspectiva mais ampla. E servem chá, é só pedir quando a moça passar com a bandeja."

"É bom?"

"O melhor de todos."

Quando o avião seguinte pousou, ela tinha caído no sono encostada no ombro dele.

## A ÚLTIMA COISA QUE VOCÊ DISSE

Pouco antes de você morrer, lhe perguntamos se havia mais alguma coisa que gostaria que incluíssemos no livro antes de enviá-lo de volta para você.

"Ame sempre que tiver oportunidade. Tenha menos medo. Abrace cada dia (nenhum deles está garantido). Chore quando precisar, vai fazer você se sentir melhor. Você foi trazido a este planeta para sentir tudo o que puder, então sinta. No fim, tudo dá certo.

Eu prometo."